강인한 시집

황홀한 물살

황홀한 물살

차   례

제 1 부

제 4 부

제 1 부

봄의 열쇠

겨우내 자고 있던 기억의 밀실에
불이 켜진다
일곱시부터 수선스레 산허리에 올라선
오늘 아침의 해는
하낫둘, 하낫둘 맨손체조를 마친 다음
장난꾸러기의 밀린 방학숙제도 들춰보고
물만 먹고 자라는 유리병의 히아신스
포름한 꽃대도 살짝 뽑아올린다
아이들을 놀래줘야지
눈이 커진 개나리
그 노오란 입술이 잿빛 하늘 아래
아직은 보이지 않지만
대학 캠퍼스의 벤치 위에서 정구장 너머로는
바이올린 협주곡 제1번 E장조
연둣빛 강물이 흐른다
안녕하셔요, 안녕하셨어요
빨강머리 안토니오 비발디 선생이
멋지게 모자를 쓰고 나온다
비발디 선생은 공연히 이른봄의 해를

한번 치어다보곤 에취, 에취, 엣취 재채기를 한다
짤깍, 잠겨 있던 책상 서랍이 열리고
열쇠는 힘이 세구나
겨우내 자고 있던 기억의 밀실에
불이 켜진다

돌과 시

햇빛이 부서져서 그물눈으로
일렁거리는 물 속
고운 빛깔로 눈 깜박이는 돌빛
건져올리면
마르면서 마르면서
버짐꽃이 피고

내가 쓰는 글도
물 속 깊은 생각
치렁한 사념의 물빛에서 건져올리면
햇빛에 닿아 푸석푸석
마른 돌꽃이 피고.

적 막

모래무지가 물살에 배를 대고
모래알을 흘려보내듯
세월은 흐르네
가장 쓸쓸한 기억의 골짜기로

선 채로 울음 우는
단풍나무 숲을 지나
발목까지 잠기는 총총한 별밭을 지나
세월이야 울음보다 낮게 흐르네

잎 지고 잎 피는
나뭇가지 사이로
반짝반짝 건너가는 햇살
세상은 뜨고
세상은 지고.

보랏빛 남쪽

오랜 가뭄 끝에 내리는 비는
싱싱한 초록이다

보랏빛 남쪽
하늘을 끌어다 토란잎에 앉은
청개구리

한소쿠리 감자를 쪄 내온
아내 곁에
졸음이 나비처럼 곱다.

아직도 나는 스무살이다

깨어진 유리 조각들이 튀어오른다
끈끈한 자력으로 엉겨붙는다
쨍그랑
여자의 입술에서
격렬하게 떨어져나간 사내가
성큼성큼 뒷걸음질친다
◀◀
그렇게 삼십년 세월을 되감아보면
젊은날의 그리움과
최루 가스 속에
아직도 나는 스무살의 어린 남자다.

관음죽

키 껑충한 남천
고만고만한 새끼를 거느린 군자란 곁에
관음죽 한그루
우리 내외를 보며 웃고 섰다.

보살이 걸어가는 사막
보살의 발등 위에 가만히 물을 부으면
세상 물결을 열어가는 꼿꼿한 말씀 위에
천년의 비가
초록으로 초록으로 내리던 것을.

빗속에 쓰라린 적막 속에
떠도는 비의 향기 홀로 깊어가는 밤
내가 읽는 문장 위에
홀연히 꽂히던 붓끝이여.

장마 오랜만에 개고
따가운 햇볕 아래
썩어서 부끄러운 것들 곳곳에서 사태를 이룰 때

우리 평생의 남루한 동행을
소리없이 바라봄이여.

이삿짐을 챙기며

나이 오십이면
그래도 많이 살아온 셈일까
새삼스레 이삿짐을 챙기며
버릴 것 버리지 않을 것을
가름하기가 어려워진다.

붙박이로 그럭저럭 살다보니
뿌리가 깊어져서
쉽사리 허릴 펴고 일어서기 힘든
세월이었고, 어리석음이었다.

이제 머잖아
내 가진 눈물도 살도 다 버리고
붉은 노을 아래 홀로 떠나야 할
그런 날이 남아 있음에랴.

묵은 책갈피에서 떨어지는
죽은 친구의 편지가
이 봄에 낙엽보다 쓸쓸하고

새로이 찾아가야 할 낯선 주소는
밤길인 양 서먹하다.

禪食 이후

갈 데까지 가버린
만성 치주염으로
흔들리고 흔들리는 풍경이었다

뿌리가 성치 못해서
병이 깊은 오십년생 몇 그루
황토 기슭에 쓰러질 듯이
마지막 아픔을 지키고 섰는 것을
잠시 반성하고 뽑아내었다

인제 나는
산새 한마리 불러들일 수 없는
無主空山

하늘 가득 적막을 풀어놓고
한 달 서른 날
캄캄한 선식으로 버티는 중인데
슬그머니 내 몸속에
절간 한채 들어서고 있었다.

황홀하게

골목길에서
적극적으로 울고 있는 아이를 보았다
슬픔도 분노도
말라버린 채 햇볕 아래
아이는 울음에 빠져 있었다
황홀하게

가물고 가물고 가문 끝에
몇십년 만의 가뭄으로
밑천까지 다 드러난
저수지의 금간 바닥

죽은 사과나무들
잿빛 가지를 건성으로 벌리고
피워볼 초록 이파리 하나 없이
거기 서 있듯이

햇볕 아래
황홀하게

하오의 겨울나무

신랑 신부
너희들은 함박웃음으로 차에 올라
손을 흔드는데

내 눈에는 아닌 겨울에
팔랑거리는 흰나비 나비 나비

율리야 내 딸아
너는 인제 남의 집 새아기
너희들의 앞길에 일제히 뿌려지는
새하얀 축복의 꽃

지붕에 꽃을 덮은 채 차는 떠나고
갑자기 나는 늙은 아비가 된다

너희들 아름다운 오늘을 위하여
밤과 낮을 따로 살던
피붙이들도 다시 모이고

아 그립던 옛 친구들
신기루같이 잠시 만나는 기쁨에
목이 메이더니

다들 떠나간 빈자리에 우두커니
땅바닥에 흩어진 꽃을 주워볼
생각조차 차마 못하고

추운 그림자를 늘이고 서 있는
겨울나무 두 그루
뿌리에서 무릎까지 어둠이 차오르느니.

산수유꽃 피기 전

산수유꽃 피기 전
해야 할 일 못다한 것이
바람 속에 왜 이제사 생각나는지

아프다
아픔을 견디다 견디다
혼자 눈떠보는 밤이 있다

어떤 나무의 죽은 가지에
새 속잎이 돋는 걸까
아프게 아프게
연초록의 어린 사랑이 피어나는 걸까

오래 잊었던 일
새록새록 죄다짐으로 살아나서

아픔의 잎잎이
내 안에서 돋아난다
사금파리처럼

때로는 붉은 번개로
창자를 긋는 밤이 있어
눈뜨는 홑겹의 외로움이 슬프다.

지붕 아래

아침에 눈뜨는 아가들의 이름은
참 작은 꽃잎,
꽃잎에 스미는 마알간 이슬이다.

작은 밥상을 두르고
하나, 둘, 셋 모여 앉는
노란 병아리들.
쫑알거리는 둘레에
설레는 환한 꽃보라.

비 새는 지붕 위로는
거대한 톱날바람이 불고
그 바람이
여기저기 생활의 남루를 들쑤시는
그런 세상이
창 밖에 서성거리지만

밤에 들여다보는
아가들의 잠은

햇살 고운 색동의 꽃밭.

아가들이 개켜놓은 하나, 둘, 셋
가지런한 옷가지.

시계 속의 뻐꾸기

어두운 진흙 꿈속을 헤매고 있을 때
네가 부르는 소릴 듣는다
적막한 심연의 바다 어디선가
태엽이 풀리고
나는 눈을 뜬다

세상은 한겹 잠 밖에서
오늘 하루도 소란스러운 것을

아침 이슬 빛나는
초록 숲 그늘에서 떠온 너의 목소리만
기계 속에 살아서
혼도 없이 몸도 없이
뻐꾹 뻐꾹 뻐꾹

네 울음소리 파아란 길을 따라 나서면
오래 잊었던 청년의 산과 강이
아직도 기다리고 있느냐

박제된 너의 울음소릴
내 귀는 껍데기로만 들으면서
건성으로 뻐꾹 밥을 먹는다
건성으로 뻐꾹 집을 나선다.

어떤 흐린 날

한 사내가 길가에 쭈그려 앉아
휴대폰으로 구름과 통화중이다
잿빛 구름 속에서
별 볼일 없이 허둥거리던 빗방울들이
발을 헛디뎌
여기저기 떨어져내린다

오늘 하루에도
이 도시에서 작성되는 크고 작은
일백 건의 교통사고
한 명 또는 두 명이 고속으로
구름 속을 날아가고

그러면 이따가 만나
점심 먹고 화투나 치자 껄껄껄
휴대폰을 끊고 사내가 들이마시는
이 도시의 저속한 구름 속엔
아황산가스와 공중파의 자동차
광고가 산소보다 상쾌하다.

환　희

깡마른 가지를 하늘로 뻗치며
캄캄한 어둠속에서
아우성친다
파란 봄의 혈액

견고한 죽음을 찢고
죽음 위에 다시
태어나는
아름다운 독이여.

不 在

푸른 하늘을
새가 날고 있다
악보를 질러가는
꽃빛 울음소리

어디에 덫이 있었을까
문득 걸려서
수직으로 떨어져내리는
점 하나

누가 숨겨논 살의가 있었나보다
내 마음의 빈 허공에
얼음빛으로 남은
한줄기 부재.

제 2 부

하, 이유가 없다

흔들흔들 뿌리째 흔들리는 아픔에
풍치의 어금니를 뺐는데도
아내가 그런다
자면서 이를 간다고

어금니를 좌우 세 대씩이나
빼버렸는데도
자면서 또 이를 간다고
아내가 그런다

뿌드득뿌드득
내 잠 속에서 어금니가 갈았던
각질의 하늘
못 견딜 치욕이 무엇이었나

아침에 나는 막무가내로 생각이 안 나
보아도 그만
안 보아도 그만인 신문지를 뒤적거리고
텔레비전을 틀어보지만

주소 불명의 이유를
아무데서도 찾을 수 없구나
몽땅 빼버린 어금니를
이제 다시 찾을 수 없듯이

막히지 않으면 서울이 아니다

막히지 않으면 서울이 아니다
그렇다 강북이 막히고
강남도 막히고
때로는 시력도 막히고 인간도
막혀버려
여의도광장을 죽어라 죽어라
폭주하던 사내
경찰서마다 국법 질서 확립
시퍼런 표어가 눈을 부릅뜨지만
그렇다 그렇다 막혀야 서울이다
가혹한 국법의 보호를 받기 위해
죽자사자 매달려
매달려서 살아야 하는 우리네 눈물을
시속 백사십 킬로미터로 달려가버린 사내
드디어 그는 꽉 막힌 벽 안에 갇히고
남과 북이 막히고
동과 서가 막히고
거룩한 선량과 하수도가 막히고
막히고 막히고

막히지 않으면
무슨 맛으로 흐르랴.

안녕한 풍경

오늘도 대학교 부근 아스팔트 바닥에
소주병이 깨지고
(깨져야 할 것은 깨지지 않고)
작고도 이쁜 연옥의 불길이
조각조각 타오르는 것이었습니다.

내 기억의 갈피를 뒤져
그 꽃의 이름을 찾아보다가
찾아보다가 지쳐버렸습니다.

지난 여름
한바탕의 큰비로 물바다가 됐던
로터리에서
까물까물 바람을 핥는 불
불꽃과 유리병의 파편 사이로

심심한 살의가
바람보다 재빨리 휘돌고 있었습니다.
(깨져야 할 것은 깨지지 않고)

봄은 어디쯤 오나

구불구불 썩은 영산강이 흐르고
갈짓자로 낙동강이 흐르고
폐수도 일도창해하나니

굳게 감은 풀씨의 눈에
이슬같이 맑은 꿈이 어려도
졸음처럼 엉기는 기름 찌꺼기

차마 무너지지 않는 희한한 기적 속에
하루하루 뇌수에 금이 가는 생각으로
고층 건물들은
죽은 강물 위에 얼굴을 비춰보지만

봄은 어디쯤 오는 걸까
땅을 파고 또 파는
지지리 불쌍한 일자 무식들에게
황사를 몰고 봄은 어디쯤 오고 있을까.

푸른 하늘 어디쯤

위대한 것들은 일찍이
시거나 떫은 것들이었다.
새벽부터 흰 망사를 짜던 안개의 딸들은
立冬날 아침 삼각산 일대에서
가뭇없이 떠나가고 없었다.

보란 듯이 질러가고 질러오는
아침 출근 승용차의 물결,
손잡이에 매달려 흔들리는 버스 속에서
강 건너 불을 보듯 무심히 본다.

그런 내 몰골을
세상 풍경은 유심히 들여다보는 겐지
하루아침에
은행잎을 노오랗게 물들인 햇살이
이 좋은 날씨를 어쩔 것이냐고
벽창호들을 만나러 가는
내 얼굴을 간질거린다.

시지도 않고 떫지도 않은 쉰 고개의
태평스런 아침.
올해의 마지막 가을비와,
가진 것 없으므로 부끄러움만 넉넉한 겨울은
푸른 하늘 어디쯤 숨어 있을 것이었다.

한밤에 삐삐가 울린다

1995년 6월 29일 삼풍백화점이 무너지고

무너져내린 언어도단 속 기계가 눈을 뜬다
우리가 일용하는 슬픔으로
물신의 제왕들은
법률의 비호 아래 아직 멀쩡히 살아 있는데

발생할 가능성이 있는 일은
기어이 터지고 만다는
그것을 머피의 법칙이라던가
자정 넘은 거대한 공룡의 무덤 속
여기저기에서 삐삐가 울린다
파랗게 파랗게
산 자가 죽은 자에게 보내는 신호가 울린다

포클레인으로 찍어 올리는
떼죽음의 신전
전기톱으로 잘라내는 허영의 탑, 시디신 유혹
세상에
이런 법도 있다는 것을

입력하고 있었다
주저앉은 콘크리트 더미 속
짓눌린 크레디트 카드의 비밀번호를
볼프강 아마데우스 모짜르트의
레퀴엠 한소절
깨어진 손목시계 바늘에 걸려서
파들파들 떨고 있을 때
절망의 피안까지 입력하고 있었다

누   락

어디서 빠져나왔을까
아침에 방을 쓸다가 빗자루에 걸려
뒹구는 나사 하나

주방에서 발견된 쇠붙이
팥알만큼 작지만
아무래도 위험한 누락

전기밥솥의 수상한 밑창에도
싱크대의 경첩에도
빠진 구멍이 없는데

누가 나를 찾았을까
내가 외출하고 없는 동안
빈 아파트에서 울렸을 전화벨 소리
빠져서는 안될 중요한 시간에
나는 빠져나왔을까

시내버스에 앉아서

휴대폰을 귀에 대고 껄껄거리는
낯선 사내의 뒤꼭지를 보다가

문득 퓨즈가 나가버린
내 기억의 나사 하나를 들고
고개를 갸웃거리는
엘리엘리 나의 하느님.

가을, 명옥헌*에서

앞산 뒷산 자락을 여며 시내를 감춘 곳
옛날의 물길은 끊어졌는가
松江의 대숲을 빠져나온 바람이
여기서 기진한다
제 목숨을 스스로 거두어 연꽃이 떠난 지도
백년이 넘어
사라지는 것들의 못다한 그리움으로
시중 들던 늙은 백일홍만
못 둘레에 꿈결처럼 붉다
세월을 이웃하여
자 가웃을 못 넘는 세상살이 답답해서
버들붕어 두어 마리 뒤집혀 있고
솔잎 사이사이 구슬이 우는 소리
아무도 들은 이 없다
저 건너 망월에는
산 자들의 아우성 하늘을 부르며
오늘도 핏빛으로 펄럭이노니

* 전남 담양군 고서면 후산에 있는 조선시대의 정원.

虱

겨울도 꼭두새벽
죽 한그릇을 먹고
띄엄띄엄 가로등이 빛나는 거리에서
나는 버스를 기다린다

잠든 도시의 머리카락 위에
뿌려지는 눈발
어린 시절의 디디티처럼

방학인데도
아이들에게 보충해줄 것이 많아서

학교에 가야 하는 것일까
까맣게 가로등이 죽어버리는
겨울 아침 일곱시

한마리 이가
영하에
춥다.

민들레꽃

일하러 가니 ?

걸어서 걸어서 시내버스를 타고
버스에서 내려서는 또
걸어서 걸어서 출근하는 아침

민들레꽃이 토끼풀 사이로 고갤 쳐들고
내게 묻는다

뻐꾸기 소리 한가락
파랗게 묻어나오는 봄산을
저만큼 바라보며 걸어가는데

일하러 가니 ?

길섶에서 앙증스레 고개를 드는
키 작은 풀꽃

쏘나타로 아반떼로

크레도스로 다들 일찌감치 지나가버린
그 길을

꿈결같이
민들레꽃 샛노란 웃음같이
걸어서 걸어서.

호모 에코노미쿠스의 미라가
발견된 지층

이 지층에서 이상한 미라들이 발견되었다
유라시아 대륙의 동북단
와서 보라, 육안으로도 잘 보이느니
천년 전쯤이었을까 걸출한 장군 하나가
첫새벽의 방송국을 점령한 뒤부터
조국 근대화를 내걸고
검은 연기가 환상적으로 피어오르는 굴뚝을
여기저기 높다랗게 세우고
온 나라를 갈아 엎고 능률과 실질을 숭상하였으니
그로부터 찬연한 그의 업적이야 피묻은 손금처럼
즈믄 강을 폐수로 뒤덮으며 불멸의 영예
눈부시게 빛났도다 와서 보라, 여기
풀뿌리보다 미천한 것들
모두 그 한몸의 은총으로 오늘까지 눈뜨고 잠들어 있음을
비록 정신의 미미한 흔적조차 찾을 수 없을지라도
차마 썩지 못하는 금강불괴의 몸으로
이 지층에서 半島遺事 이상을 증언하고 있다
납과 방부제와 황산화물을 일용하며
죽어 썩을 수 없는 절대의 삼십년 치적에 힘입어

플라스틱으로 누워 있는 자들
우스워라, 철기시대를 지나
찬란한 이십 세기말로 추정되는 이 지층의 연대에서
발견된 언어도단의 미라들
온 반도를 폐차장으로 만들기를 꿈꾸며 살았다는 게
믿을 수 없구나, 녹슬고 치졸한
호모 에코노미쿠스의 욕망이여.

싸락눈

실없이 싸락눈이 내리고
골목에는 한많은 연탄재들이 굴러다닌다.
밤새도록 신음하는 형광등 아래
신바람이 나던 팔땡 구땡 장땡의
핏대에 마지막 땀을 내주고
외풍 센 단칸방 구들 밑에 들어가
오그라붙인 젊은 내외의
사지를 슬며시 늘려주기도 하고
새벽까지 탕진해버린 사내처럼
허무한 얼굴로
길가에 나와 있다. 달러 이자를 받으러
몸살을 무릅쓰고 쫓아나온 과부의 고샅
고데 값을 움켜쥔
헝클어진 아가씨가 나와서 게으르게
하품을 한다. 그 바람에
정답게 드러누운 어떤 모가지가 눈살을
찌푸리다 부서진다. 첫번째 두번째
세번째 실연보다 실없이
식어 있는 황토 흙에 싸락눈이 내린다.

벌거벗은 불의 소멸
한많은 황토의 모가지들 위에.

혼자 먹는 밥

혼자 먹는 밥은 슬프다
빈집에서, 혹은 사무실 책상 앞에서
혼자 먹는 밥은
비가 와도 슬프고 비가 오지 않아도
슬프다, 밥은
일찍이 남도의 햇살이었던
한여름 간척지의 청정한 땀방울이었던
한다발 낟알, 이 나라의 일용할 경제였다
날마다 도시락 가방을 챙겨들고
시내버스의 번호를 두 번 세 번 확인하는
나도 국민소득 일만 달러의
신성한 주권이며
틀림없는 선진 국민일까
밤거리에 흐르는 노래방과 레스토까페
단란주점의 벗은 어깨 너머로
밤이 깊을수록 요염한 네온은 빛나고
거룩하여라 빌딩의 골짜기
무수히 솟은 붉은 십자가, 십자가, 십자가
대한민국 주식회사 할렐루야

돈 많은 예수는 네온의 십자가를 지고
희망의 새해엔 국민 일인당
팔백만 원씩의 외채를 축복할 것이라는데
혼자 먹는 밥은 슬프다
눈이 와도 슬프고 눈이 오지 않아도
슬프다
혼자 먹는 라면보다야 행복하지만

歲寒圖

1998년 6월 2일, 비

비오는 날
우산을 어깨에 걸치고 더러는 우산도 없이
굽은 등허리에 고스란히 비를 맞으며
일렬횡대로 쪼그려 앉아
밥을 먹는다
용산역 앞 광장
담벼락을 앞에 하고 주기도문을 마친 다음
다같이 슬픔으로 따뜻한 국물을 떠서
무료 제공의 한끼 식사로
하루를 사는 사람들
집을 나온 우리나라의 아버지들
빗속에 나란히 앉아서
추운 겨울 하늘 오선지에 앉은 참새들처럼
우산을 어깨에 걸치고 더러는 우산도 없이
오전 열한 시에 땅바닥에서
밥을 먹는 사람들.

고양이떼

집에는 결코 돌아가지 않으리라
한데서 날밤을 샌 지 몇 달이던가
저 깊은 가슴속에서
오래 잊었던 짐승이 눈을 뜬다
아침 저녁 두 차례
때를 챙기는 施惠엔
인제 넌덜머리가 난다 구린내가 난다
비린 생선 한토막에 철없이
몸을 떨며 내던진 헐값의 자존심
등을 긁어주던 달콤한 추억일랑
더이상 우리를 속일 수는 없느니
한밤의 아파트 주차장에 숨어 있다가
우리들 결사의 단호함으로
떨쳐 나서리라 사라져버린 쥐새끼들처럼
분노로 쌓여 있는 쓰레기 부대를 향해
찢어서 헤칠 발톱을 세우고
푸른 번개를 번뜩이며.

제 3 부

별

한 소년이 있습니다
밥 먹고 옥상에 나와서
하늘을 쳐다봅니다
밥알처럼 많은 별이 떠 있는
하늘을 봅니다

소년은
별을 향해 신호를 보냅니다

별 속에도
소년이 하나 살고 있습니다
저녁밥 먹고 계수나무에
앉아서
이쪽을 내다봅니다
그렇게 깜박입니다

별에서 별로 가는
계절의 수레바퀴는
오늘밤 파아란 봄빛을 굴러갑니다.

봄 회상

찻물을 끓이며 생각느니
그리움도 한 스무 해쯤
까맣게 접었다가 다시 꺼내보면
향 맑은 솔빛으로 내 안에서 우러날꺼나

멀리서 아주 멀리서 바라보기엔
천지에 봄빛이 너무 부신 날
이마에 손가리갤 얹고
속마음으로만 가늠했거니

보이는 듯 마는 듯
묏등을 넘어 푸르릉푸르릉
금실을 풀며 꾀꼬리가 날아간 하늘

누님의 과수원에
능금꽃 피던 날이었을꺼나
능금꽃 지던 날이었을꺼나.

황홀한 물살

떠도는 이를 위하여 3

큰비 그친 뒤
개울가에 귀를 적실 듯 귀를 적실 듯
흘러가는 물살을 본다
친구여,
넌출지는 햇살을 온몸에 받으며
흔들려선 마침내 드러누워버리는
물풀의 기나긴 몸짓을 본다.

이른봄에 환하게 피어나서는
웃음 반 울음 반으로 반짝이다가
흔적 없이 지고 마는 풀꽃,
친구여, 세상이란
우리가 풀꽃으로 한철을 누리다간
훌훌 떠밀려가는 언덕이거니.

먹빛 아픔을 벗고
짐 지기 차마 어려운 사랑마저 벗어버리고
허공에 살을 섞는 茶毘의 고운 연기
그 끝을 따르고 따르는 시선에

황홀한 물살이 어린다
친구여.

꽃 그늘

햇빛이 남았으면 좋았을걸
싶은
흐린 날도 저물녘
내 키만큼 자라버린 딸아이의
벚꽃보다 흰 손을 잡고
액자 속으로 걸어가 보았다

검은 겨울 굵은 가지 사이사이
잎보다 먼저 핀 기쁨이었던
꽃이파리 점점이
봄눈으로 날리는 것을

지난해 이맘때
마흔일곱 봄을 두고 떠나간
친구가 생각났다
내게 남은 봄은
갈증으로 목이 메는데

비와 황사바람

한무리가 떼를 지어
벚꽃 그늘 건너서
저만큼 다가와 있었다.

은행나무가 있는 遠景

십일월도 중순
추곡 수매 가격으로 추워져버린 들판에
저녁햇살 받으며 논둑길이 떠오른다
까치밥만 달고 옹송그린 감나무들
가야 할 고향은 물에 잠겼다
논둑길이 비틀비틀
마을로 들어서는 어귀
잿빛 드리운 하늘 아래로
가난한 축복인 양
문득 화안하게 켜진 촛대가 황홀하다
뉘 집 혼례식장에서 빠져나왔을까
길을 사이하여 손잡고
도란도란 노랗게 걸어가는 은행나무들
내 가슴에도 가만히 불이 켜진다.

눈 내리는 날의 정물화

석유난로 위에 주전자가 혼자 끓는다
넘칠 듯 넘치지 않는 이 겨울의 침묵
나직이 물 끓는 소리가
마냥 귀를 적신다

사무실 유리창 밖
잎을 다 떨궈버린 미루나무들
산모롱이를 휘돌아 성큼 다가오는데

한 줄 두 줄
문득 안개꽃이 날린다
희끗희끗 내리는 일악장의 무반주 첼로 연주곡
이윽고 하늘을 뒤덮으며 까맣게 내리는
요한 세바스찬 바흐의 악보

아, 꿈같은 이승 속에
한점 빠알간 기쁨이 켜진다.

송홧가루 날아와

훌쩍 다 커버린 아들과 함께
목욕탕에 갔다 오는 것도
세상의 한 즐거움이구나
비 오는 일요일
녀석이 받쳐주는 우산 속은
초록빛이다

우리는
길바닥에 괴어 있는 웅덩이
손바닥만큼씩
노란 앙금을 보았다

아들은 우리 마을 집집마다에 있는
측백나무와 향나물 가리킨다
거기서 날아온 꽃가루라고
그래 너는 아직 모른다

어제 아니면 그저께
햇볕 맑은 공기 중에

가루약보다 보오얀 송홧가루
한가지로 숨쉬고 살아온 것을

참말 눈치도 없이 우리는
삼십리 밖 바람난 소나무들
노랗게 샛노랗게 웃어댄 것도 모르고
굴속같이 살았구나
세상도 모르고.

거리에 비를 세워두고

시월은 안사돈들이 나란히 나와서
혼례의 촛불을 밝히는 달,
우리나라의 단풍은 이 한 달을
북에서 남으로 걸어서 내려오느니
휴일에는 한줄금 비를 데리고

빗속에 우산을 들고
플라타너스 잎 지는 거리에 나서면
우중충한 소문들도 잠시 귓전에서 멀어진다
우산 하나로
헛되고 욕된 세상을 비껴갈 수야 없지만

새벽마다 길섶 찬 이슬로
더욱 맑아지던 풀벌레의 울음소리
이 차가운 빗속에
한꺼번에 사라져버린 것은 아니리

거리에 비를 세워두고
찻집에 들러 혼자라도 좋으니

잘 끓인 커피 한잔을 천천히 맛보며
월명 시인의 제망매가
몇 구절을 떠올리고 싶느니.

밤꽃 필 때

해가 지면 돌아갈 집이 있다는 건
얼마나 따스한 위안이랴
느닷없는 폭우에 휘말려
간신히 나래쳐가는 제비 몇 마리

조금씩 더워지는 땅속의 지열과
아무래도 뿌리칠 수 없는
유혹 같은 유혹 같은
밤꽃 향기
유월의 대기 속에 녹아든다

아침 출근 버스를 비켜간
영구차는 빗속에
흰 꽃으로 싸여 있었다
그게 벌써 먼 기억으로 흐려져
하루를 마치고
흙탕물이 흐르는 저녁 골짜기를
내려오는데

한줄의 기도문처럼 연기가 피어올라
화장터 굴뚝에서 비에 섞인다.

고정희 생각

제중병원 영안실 앞
초여름 땡볕이 쓸고 간 자리
어둠이 내렸다
서울에서 고속버스로 내려온
'또 하나의 문화'는
맥베드의 제1막 제1장처럼
검은 옷을 입고 꺼뭇꺼뭇
앉아들 있었다
껑충한 키에 넥타이 차림의 김준태가
오랜만에 만난 친구들과 이야기를 나눌 때
필리핀에서 지낸 한때를 신나게
떠들던 그녀는
온몸에 붕대를 감고
이승의 물소리를 듣고 있었다
지리산 열 골 물소리를 온몸으로 듣고 있었다.

  * 1991년 6월 9일에 '목요시' 동인 고정희는 유명을 달리함.

한밤의 표정

깊은 밤
아파트 창문을 닫는다 스위치를 내린다
일체의 소음을 지우고
허공에 뜨는 사각형의 정적

책상 위의 스탠드를 켠다
사물은 재빨리 어둠속에 숨고
작은 손거울 속에
문득 유령 같은 얼굴이 떠오른다

밑도끝도없이
검은 밤을 배경으로
흘러나오는 흑백의 표정
비정한 명암.

南道 瑞雪

눈이 내리네
도회지의 늘어진 전깃줄 위에
헐벗은 가로수 위에
골목길 질척이는 바쁜 발자국 위에

밤실 마을
당산나무 꾸부정한 비각 위에
잿빛 하늘 빨갛게 얼어붙은
감나무 우듬지 까치밥 위에
눈이 내리네

전라남도 곡성군 고달면
눈 맞는 비닐 하우스들 속에는
푸르고 푸른 숨소리
어린 딸기가 새순을 벋어
한철을 앞당겨 희디흰 꽃눈을 비비네

벗겨내고 벗겨내어도
양파 속처럼 허망한 삶일지라도

또 속을 수 없는
우리네 한해의 가난한 믿음 위에
눈이 내리네

희고 빛나는 저 드높은 산정을 우러러
알토란 같은 아이들이 자라고
아이들이 가슴에 품은 꿈의 이삭이
이 겨울 오히려 따스하고 황홀한 것을

눈이 내리네
말라붙은 강줄기를 더듬어 더듬어서
남도 천리에
눈이 내리네 눈이 내리네.

哀 歌

보도 위에 뿌리 뽑힌 잡초가 한다발
초가을 햇볕에 잘 마르고 있네

무심히 지나치는데
마른풀 냄새가 문득 향긋하여라

저 산 너머로 제비들 떼지어
하오의 햇살을 물고 오르내릴 때

지난날 봄에 죽은 친구의 이름
마른풀 향기로 가슴에 스며라.

맨드라미

너는 이렇게 돌아왔구나.
저 먼 용궁의 산호향을 몸에 감고
심청이가
바다 위에 앉아 있는 듯이

너는 내 여름의
가물은 울음 위에 떠선
몇 날을 찬합처럼 입다물었었다.

딸아,
지붕 너머로 지붕 너머로
떠밀려 흐르기만 한
저녁 구름아.

핏빛 스란치마에 얼굴을 묻은
산만큼 슬픈 것아.

홍련암

낙산 의상대 옆구리에
삐딱한 비탈 거기가 홍련암이지

홍련암 앞에는
무슨 보살의 샘물도 있긴 하지만

마룻바닥 어딘가
사방 세 치쯤 살아 있는 구멍
아는 이는 드물지

무릎을 꿇어야
볼 수 있지
네모난 구멍을 통해서
오 백팔번뇌의 동해
바다가
발 밑에서 천갈래 만갈래 찢어지고 있음을

상처받은 자들의
시퍼런 아픔

저렇듯 까마득한 벼랑 아래

천길 어둠속
꽃인 양 아름다워
몸서리치나니.

오월의 어머니

오월의 부신 햇살이
키 작은 사철나무
새로 돋은 여린 잎새에 빛날 때면
어머니,
꿈같은 어린 시절이 생각납니다.

어머니 손을 잡고
나비처럼 팔랑팔랑 외갓집 가던 길
파아란 하늘은
구름 둥둥 하얗게 목화꽃을 피우고

징검다리를 건너서
논둑길을 걸어서
어머니가 내게 펼쳐 보여주신
우리나라의 오월은 아름다웠습니다.

어머니,
학교 갔다 오는 길에
어쩌다 동무들과 어울려

땅뺏기며 구슬치기로 해를 넘길 때
어두운 골목 어귀에서
긴 목으로 서성이며 기다리던
어머니, 밥물 냄새 은은한
어머니의 치마폭은
한없이 넓은 평화였습니다.

철없이 나이들어
슬프고 험한 세상
어지러운 나날로 달이 가고 해가 가도
어머니는 언제나
그리운 오월입니다.

지친 등허리를 다독거려 쓸어주고
일으켜 세워주던 어머니,
당신은 사철나무 여린 잎새에
꿈같이 맺히는 아침햇살입니다.
맨 마지막까지 기다려주는
넉넉한 사랑입니다.

제 4 부

부 활

그레고르 잠자*의 유서

우리가 가진 것은 무엇일까요.
허망의 껍질만 남기고 그 빛나던 알맹이들은
어디로 갔을까요, 누님.
지금 나는 낯선 얼굴로
조금씩 자라나는 날개를 비벼봅니다.
우리가 마시는 변성의 이슬은 어디서 온 걸까요.
어둠이 밀물처럼 달려오는 뻘밭에서
비단조개는 혓바닥으로 그 먼 모래의
기억 속을 기어갔던 것일까요.
신라나 조선시대에도 우리는 발이 시렸고
볼 수 없는 눈이 아팠고
밤에는 풀밭에서 꿈을 만났습니다.
위대한 매의 발톱에 찢긴
우리의 살점은, 누님.
하얀 서릿발이 되어 쓸쓸한 길바닥에 으깨어지고
쓰러진 자의 욕망 위에
저녁의 물결소리 철썩입니다.
열매들의 풍성한 웃음 소리 아직 뜨거운데
하늘에 누워 몸살하는 산그림자

뉘 날갯짓에 스치운 설운 산빛일까요.
마을의 아름다운 수확 위에서
햇빛은 떨릴 때
넉넉하고 산드러운 열매 속을 햇빛은 젖어들 때
그 목숨의 한때가 그리워지면, 누님.
가슴속 온갖 꽃잎을 떨구어버리고
가라앉는 세상의 풍속을 바라봅니다.
내 어린 어깨 위에 나부끼던 평화를 바라봅니다.
우리가 흘린 피, 고운 땀이 밴
집마당의 감나무에
석탄가루처럼 질척이는 우리의 조국 위에
눈이 내리고
미래의 불길은 타올랐을 때
사월이 아니래도 우리의 울음은
천길 땅속에 은은히 스밀 수 있을까요.
인젠 가진 것 다 없어지고
우리는 새로운 변성의 약속으로 남았으나
물뱀이 얼크러진 바다 위
섬으로 떠 있는 누님의 숨소리를

그 고요한 사랑을 나는 건질 수 있을까요.
아아, 차라리 나는 고려의 하늘을 나는
청자의 무늬가 되고 싶습니다.
매화송이나 당초문을 지나
발이 시려운 새가 되어
떨어지는 열매를 향해 어둠속을 날면,
바람은 눈 덮인 산정에 올라
붉은 동백꽃을 피우겠지요.
누가 우리를 죽인 걸까요, 누님.
지금 나는 낯선 얼굴로
조금씩 자라나는 날개를 비벼봅니다.

  * 카프카의 소설 『변신』에 나오는 주인공.

천축으로 가는 길

날이 워낙 무더워서 쌀이 뜨고
쌀통 속에서 쌀같이 작은 나방의 애벌레들이
하얗게 나온다 하염없이
기어서 기어서 기어이 천축으로 가는지
천장의 여기저기에 붙어 있었다
두 달이 넘게 태풍도 간단히 짓누르고
반도를 장악한 북태평양 고기압
쌀통 속에서 부화한 나방은
불 꺼진 아열대의 밤 대륙 탐험에 나선다
어떤 놈은 유리창에 날개를 부딪기도 하고
또 어떤 놈은 잠을 못 이루는
나의 눈썹 끝에도 부딪친다
아아 오늘 밤 잠이 들면
내일 아침에 나는 살아서 깨어날 수 있을까
깨·어·날·수·있·을·까
나방의 애벌레들이 쌀눈을 뜯어먹는다
하염없이 벽을 타고 내린다
볼트가 풀어져서 무너앉는 한강 다리
볼트가 풀어져서 위태로운 우리들의 잠을 향하여

말바우시장을 지나며

영수 특강을 받기 위해
죽자사자 몰려다니는
아이들에게 떠밀려 흔들리며
차창 밖을 내다보면
교통사고와 정형외과와 스탠드 바와
붕어즙과 사우나탕이 손에 손 잡고
강물로 흘러라.

무등산 증심사에서 공무원 교육원까지
일상에서 일상으로 가는
27번 시내버스
돌아보니 나는 많이도 흘러왔구나
버스 안에 저 혼자 신나는 노래
노래를 멈추고
내리고 싶은 곳이 있다
살다가 문득 내리고 싶은 때가 있다.

초나흗날 말바우시장
시골 사람들 꾸역꾸역 올라와

보따리를 푸는 곳

싸구려 고추를 집채만큼 쌓아두고
너 마지기 시름을 쌓아두고
햇콩이랑 녹두랑 팥이랑 보리쌀 몇 말을
무지개처럼 벌여놓은 할머니
한옴큼 겨울 햇살도 그 곁에
눈뜬 강아지로 쪼그려 앉아
아름다워라, 산다는 것이
정말 보기에 좋아라.

노래하는 시내버스
말바우시장도 흘러가고
일상에서 일상으로 가는 길
거리에서 먹이를 찾아 어슬렁거리다가
빈손으로 돌아가는
중년의 길.

출발은 일단입니다

출발은 일단입니다
알 없는 안경을 끼고 노래하는 가수가
전방에 있습니다
좌회전할 때 주의하십시오
그놈의 엉터리 같은 고음에
걸리면 안됩니다
십팔 평이나 이십이 평에서
갑자기 사십팔 평으로 추월하는 자를
항상 주의하십시오
그가 펑펑 내뿜는 시커먼 욕망의 배기가스가
시야를 가리지 않도록
차창을 닫으십시오
빨강에서 노랑으로 바뀔 때
날쌔게 반칙하는 자는 용서합시다
먼저 가려고 덤비는
그들을 먼저 가게 합시다
뻔뻔한 타성이 큰골의 외곽을 때릴 때까지
용서하고 용서하는 것은
이 시대의 미덕입니다

사랑과 야망
동시 신호가 떨어졌습니다
명심하십시오
순간의 선택이 폭락으로 직진할 수도 있음을.

폭 우

촘촘한 그물이 내린다, 단숨에 서너 겹씩
잿빛 어두운 배경을 늘어뜨리며
우리들의 가난한 주소 위에
냄새나는 경제, 젖어버린 슬픔 위에

스무살 난 우리집 장남 피곤한 귀로,
그 녀석이 외우는 랩송 가사 위에
넘쳐나는 하수도에도 내린다
은빛 사악한 눈을 뜨고
잘라내도 되살아나는 악몽처럼
떼몰려 다니는 바람,
닫힌 유리창을 흔들다가
아래로 아래로 잦아드는
도시의 소음을 따라 사라져간다
잘린 지느러미가 하얗게 파닥인다

촘촘한 그물이 내린다
소문의 그물이 겹겹으로 내린다
이만 이천 볼트의 고압선 위에

날아가던 새가 떨구고 간
가벼운 깃털,
철부지 가시내의 귓속에 대고
한밤내 소곤거리는 에프엠 빨간 전파 위에

사는 것이
사는 것이 차마 지겨워서
제 꿈의 무게를 견디지 못한 풋과일이
산 너머 어디선가 후두두 떨어진다
세상의 허무한 신맛을 안고.

클리프 행어

매달리기
죽자사자 매달리기
체면과 눈치에, 八字에, 널뛰는 주식 시세에
통화중인 전화에
텔레비전 연속극에 매달리기
얼토당토않은 화폐개혁 소문에
놓치면 큰일나는 시내버스 손잡이와
금융실명제에 매달리기 (필명으로 오는 고료를 어쩌지 ?)
구회 말 끝내기 역전 홈런 한방에
내가 가르쳐야 할 벽창호들에
매달리기
간절하게 간절하게 받고 싶으나
받을 수 없는 토지초과이득세 고지서에
월급에서 월급 사이
철사보다 가는 밥줄에 매달리기
죽기 아니면 살기로 매달리기

아래를 보지 마 까마득한 벼랑과 벼랑 사이 로프에 매달
린 산악 구조대원의 손끝에 매달려서는 간신히 시간은 모

래처럼 흐르고 모래처럼 아아아악 아래로 벼랑 아래로 멀
어져가는 점 하나……

　악악악악악악
　회오리 속을 날아오르는
　한뭉텅이 까마귀떼.

초월의 꿈

북창을 연다.
덧문을 통해 망사를 쓴 소음이 보인다.
북창의 덧문을 연다.
맨살의 뼈아픈 소음이 달려든다.
저 멀리 고속도로를
시속 백 킬로미터로 질주하는
소음, 소음, 소음.

좁은 서재에서
나는 담배를 피운다. 북창을 향해
갇힌 공기를 풀어놓는다.
갇힌 마음을 풀어놓는다.

뇌 속에
스며드는 것은 담배의 타르나
니코틴이 아니다.
뇌 속에 스며드는 것은
아, 소음, 소음, 소음의 니코틴

여과되지 않은
초월의 꿈,
끊이지 않고 질주하는 자들의
피투성이 개꿈이다.

호박꽃 속에 갇힌 벌

무슨 병인지 모른다
나는 꼼짝하지 않고 집 안에 틀어박혀
숨을 쉬고
밥을 먹었다 주말이면
알 수 없는 기류 일단이 만삭이 되어
무등경기장 일대와 지산동 부근에서만
비를 풀었다
베란다에 나가 보면
완강하게 시야를 차단하는 맨션 아파트의 허리가
늘 눈썹 위에 있었다
주말마다
검은 색안경을 끼고 티브이 속에서
씨나락 까먹는 귀신들
엠비시에서 케이비에스에서
이쪽에서 저쪽까지 모조리
점령해버렸는데 새벽의 계엄군처럼
아 나는
이 여름에 부르고 싶은 노래가 없다
올라가서 옥상에서 하늘로 까마득히

올라가서 카스트라토*로 까무러치게
부르고 싶은 노래가 없어서
투항한다 환멸이여
살려다오
내게는 무기가 없다

   * 16~19세기 이탈리아에서 노래하던, 변성기 전에 거세된 남
성 소프라노 가수.

겨울을 기다리며

芝薰調로

단풍이 내장산 기슭을 물들일까 말까
망설이는 늦가을 어느날
갑자기 비에 섞여 첫눈이 내렸다
올해도 그렁저렁 저무는가
저물고 마는가 뉘우침 많은 그런 밤에
잠을 깨었다
홀연히 나를 찾는 당당한 발걸음
한 줄 아픔 위에 또 한 줄 아픔을 긋는
유리 가루 같은 것, 서슬 푸른 칼날 같은 것
한밤의 내 몸속을 꿰뚫는 눈부신 각성이여
참 오랜만에 만나는 낯익은 손길이었다
십년쯤 허물을 트고 지내는 나의 벗
한동안 소식을 끊고 어느 누항을 떠돌다가
이 밤에 문득 나를 찾아오시는가
그대가 오지 않는 동안
내 낡은 이름에 묻은 추억의 먼지도 털어내고
젊은날의 헛된 꿈도 조금씩 지워보며
항시 그대 위해 한 자리를
비워두고 기다렸다

인제는 마음에 거리낄 것 적을지라도
돌아보면 볼수록 내 가진 것이 부끄럽구나
마른 국화꽃 시들어 빛 낡은 시가 두어 줄
평생의 남루를 가려주지도 못하는
헌 책 몇 다발뿐
어제는 커피 대신 떫은 녹차를 마시며
몸에 지닌 병도 한 재산이라고
허허허 나는 웃었다 구름처럼 웃었다
남녘에 단풍이 곱게 물들기도 전
비에 섞여 서둘러 첫눈이 내리고.

금강굴 가는 길

신록이 향기로웠다
비선대의 너럭바위에 토끼처럼 앉아
시린 여울에 발을 씻고 나선 길

엎어지고 포개진
바윗돌을 톺아 가는데
상수리나무 떡갈나무 굽이에서
아내는 자꾸만 뒤에 처진다

계면쩍은 은혼의 여행길
느지막한 오후 참에
금강굴로 오르는 길
돌아보지 마, 돌아보지 마

늙은 느티나무의 작은 구멍을 향해
발밤발밤 기어오르는
불쌍한 개미들처럼

여보, 차라리 애기 하나

더 낳는 게 낫지
못 올라가겠어요

힘들고 가파른 길이
어디 금강굴 가는 길뿐이랴 싶어
숨찬 아내의 손을 잡아주는데

아내의 살쩍머리
저 아래 비선대 흰 물소리가
한두 올 슬펐다

금강굴 예까지 오는데
이십오 년이라니.

초겨울 寺院墓地에 내리는 눈

도스토예프스키에게

차디찬 영하의 햇빛이 광장 저편에서
교회 용마루를 금빛으로 물들일 때
그대는 스물여덟의 젊은 이상주의자로
처형대에 묶여 있었다, 사형 선고가 내리고
늘어선 병사들이 천천히 총을 들어
그대 하얀 속옷을 붉은 피로 적시기 직전
아아, 나팔 소리는 울리고
황제의 특사령이 그 자리에서 낭독되었다
기억하는가 표도르
꿈으로만 흐르는 강물 소리 그리운 초원을
시베리아, 옴스크 요새 죽음의 집
벽돌을 져나르고 돌아온 저녁
두 발에 무거운 쇠사슬을 절렁거리며
좁은 욕실에서 떼뭉쳐 목욕하는 아수라 속에서도
표도르, 그대의 영혼을 악마도 뺏을 수가 없었다
빈민구제 병원 의사의 아들로 태어나
악질의 병과 도박에 하염없이 시달리면서
뼈를 깎아 세운…… 인간의 대륙
저 뜨겁고도 광막한 대륙을 나는 잊을 수 없다

그대가 죽도록 사랑한 므이쉬낀과 알료샤
니콜라이 스타브로긴의 슬픈 이름이
초겨울 사원 묘지에 내린다
표도르 미하일로비치 도스토예프스키
그대를 부르며 페테르스부르크에 눈이 내린다.

더러운 상송

치렁치렁 겨울비가 내린다.
읍내의 장터 열 지은 독 항아리 위에
목포집, 광주집, 대전집에 비가 내리고
열심히 열심히 이미자를 불러제끼던 너의 애인
그 여자의 발가벗은 고무신짝 위에
결국은 배반당한 끝장 위에 비는 내린다.
파리한 약주 한 병 위에
주독 오른 노오란 눈깔 위에
거덜이 나고 묵사발이 되고 텅텅 비고 만 너의 정신 위에
어쩔 수 없이 마지막 깃발은
휘날리고 있을 때,
여자들은 개처럼 미닫이를 쳐부수고, 개처럼
서로의 머리끄덩이를 움켜잡고, 개처럼 마룻바닥에
굴러떨어졌다.
하나의 애인이 술잔을 집어던졌고 비가 내리고
또 하나의 애인이 소리소리 처울기 시작했고
방구석에서 마루로 마루에서 진창으로
횟보처럼 엉켜 뒹굴었다.
일년내 미친 듯이 너의 아가리에 술을 퍼넣었고

비가 내리고 드디어 끝장이다.
함정에 빠진 두 마리 늑대, 가장 맹렬한
두 마리 상징
납작한 서로의 절망에 늘어붙어서
오백원짜리 비명을 내뿜는 이것은
의리이고 체면이고 살아 있는 양심이다.
대전집, 광주집, 목포집의 쉰내나는 포장 위에
끝없이 비는 내리고
썰렁하게 식어버린 핏대 위를 걸어가는 발자국
겨울보다 쉽게 지워져가고
멀어져가는 너의 청춘의 발자국이여.

화장터를 바라보는 느릅나무

좌청룡 우백호나
배산 임수도 아닌 야트막한 산 기슭
죽음보다 단단한 암반에 뿌리를 내리고
허리 아픈 세월을 견디며 산다
송홧가루 뿌옇게 헛소문으로 날리는
이른봄의 오전
검은 캐딜락 장의차가 줄줄이 검은 승용차를 거느리고
찾아왔다
형식적으로 슬픈 돈 많은 유족들은
아무도 입을 열지 않았다
아카시아꽃 필 무렵
비를 맞으며 찾아온 소형 버스는
온몸이 하얀 종이 연꽃이었다
술 생각 난 조문객들이 삼삼오오
이승의 종점으로 내려가 조립식 상점에서
떨어진 주식을 안주로 맥주를 마시고
담배를 피웠다
장끼와 까투리가 저 아래 광산 노씨네 문중 산으로
걸어서 걸어서 놀러간 뒤

아카시아꽃을 찾아 벌들이 날아오고
유월의 밤꽃을 찾아 유월 벌들이 날아오고.

강 언덕, 폐차가 있는 풍경

먼 가로등 불빛 추억처럼 흘러서
강물로 나직이 넌출지는 곳
그린 듯이 고요하구나
비싼 내장을 여기저기 뜯긴 채
부끄러운 자세로 엎드린 한마리 맹수의 시체
튀어나온 용수철이
싸구려 향수가 밴 인조 가죽을 찢고 나와
사라진 엉덩이를 그리워한다
일찍이 피보다 진한 주말의 절정을 향해
소리쳐 질주하던 네 발에서
탄탄한 발톱이 빠지고
허리 아픈 관절에서는 볼트가 풀어졌다
⋯⋯무장 해제
아, 처치 곤란한 욕망의 구조여, 강철이여
네모난 시멘트와 목을 감는 아스팔트에
맛을 들인 입맛은
다시는 다시는 진흙길을 꿈꾸지 않았건만
알몸으로 달려온 길들이 뱀처럼 얼크러져
저 하늘에서 찔끔찔끔

한강을 부르며 기적을 부르며
아직도 빛나고 있나니
썩어서 뒹구는 수박, 찌그러진 깡통 맥주와
파리떼들 곁에서
조용히 흙 속으로 침몰하는 팔씹년대식 꿈
그린 듯이 고요하구나
먼 가로등 불빛 추억처럼 흘러서
강물로 나직이 넌출지는 곳.

가을에 관한 소견

명상하는 침묵 한닢 스스로 깊어져서
세상의 중심을 향해 떨어진다
지난 여름 알에서 깬 벌레의 꿈이 아우성처럼
조금씩 짙어질 무렵
죽은 자의 이름이 깃발이 되어
햇빛 속에 자욱하게 나부꼈다
그것이 잊고 있었던 우리들의 무감각을
폭포처럼 후려치고
가스가 부글거리는 일상의 늪에서
불편한 안정을 건져내고 있을 때
플라타너스 꿈틀거리는 줄기에선
보이지 않던 하늘이 돋아나고
겨울의 성좌를 앞세운 사계의 수레바퀴가
잊어버려, 잊어버려라고
푸른 각성의 이슬을 털어낸다 소리없이
부질없는 아픔을 털어낸다
초록에서 쓰디쓴 엽록소가 다 빠질 때까지.

지혜의 발견, 혹은 적막한 세계의 힘

김　준　태

　강인한 선생의 시들을 다시 읽었다. 그리고 다시 생각을 했다. 시란 역시 그 사람의 인생과 시대, 자연과 문명에 대한 반영, 아니 그것에 대한 '지혜의 발견'이거나 혹은 그것에 대한 시인의 솔직한 성찰이 담긴 하나의 둥그런 그릇이며 노래라는 사실을 깨달았다.

　적어도 강인한 선생의 경우가 그러했다. 내가 보기엔 강인한 선생은 그렇게 시를 써왔고, 그렇게 시를 걱정해왔고, 그렇게 시를 함부로 대하지 않으면서 살아온 시인이었다.

　그래서 나는 강인한 선생의 여섯번째 시집이 될 『황홀한 물살』의 원고를 들고 도시 변두리 산으로 올라갔다. 집에서는 아무래도 정신집중이 안되었던 터인지라, 봄이 그 자신의 속 내부를 완전하게 드러내놓고 벌떡 누운 채로 갖가지 꽃들을 피워올리는 산길을 걸어올라가, 마침내 누군가가 베어버린 나무 그루터기 위에 엉덩이를 앉혔다.

　하늘은 맑고 새들은 역시 무슨 말인지는 모르나 삐리릭 삐리릭 노래를 하고 있었다. 그런데 도시 변두리의 논밭에선 불길이 치솟아 오르고 있었다. 마른 풀섶 사이에서 두꺼운 껍질을 벗고

날갯짓을 할지 모르는 온갖 병충들을 태우기 위한 불길이었다. 농부들은 이제 새로운 농사를 짓기 위해 그렇게 논둑과 밭둑을 태운 다음, 잘 갈무리해둔 여문 씨앗들을 뿌리는 것이었다.

그러나 나는 그 불길을 보다가 갑자기 기분이 우울해졌다. 불길은 마른 풀잎과 그 속의 병충들을 태우는 것만이 아니라 파릇파릇한 풀잎사귀들마저 송두리째 살라버리는 것이 아닌가. 지난 겨울 내내 혹한의 추위를 이겨내고 이제 겨우 새로운 얼굴을 내미는 그 어린 새싹들을 태워버리는 것이 아닌가. 농부들의 심정을 모르는 바는 아니지만 왠지 나는 마음이 쓸쓸했다.

하지만 나는 멀리서 밀려오는 봄 기운을 다시 느끼기 시작하면서 강인한 선생의 시를 읽어내려갔다. 그때 마침 나무 그루터기에 앉은 내 발끝 언저리에선, 예의 그 푸른 새싹들이 곱게 고개를 들고 있었다. 어디에선가 바람 한자락이 솨아 솨아 밀려와 내 이마를 문질러댔다.

1

강인한 선생의 요즘 시를 말하기 전에 우선 그를 두고 말해진 주변 얘기랄지, 그리고 지금까지 그가 펼쳐온 시세계를 잠깐 들여다보는 것이 좋을 듯싶다. 나는 그의 네번째 시집인 『우리나라 날씨』의 발문에서 이렇게 썼는데 아무래도 이 부분은 시인 강인한 선생을 이해하는 데 적절한 내용일 것 같다.

전라북도 정읍에서 강인한 선생과 어린 시절을 함께 하였던 인물 평론가 이만재(李萬才)씨는, 언젠가 그를 가리켜 늘 '미소짓는 사슴', '부드러움 가운데 숨은 요지부동의 강인함이 담긴 시인'이요, "나는 한번도 강인한이 화내는 얼굴이나 짜

증을 내는 얼굴을 본 적이 없다"라고 표현을 해주었다. (중략) "단돈 천원도 외상이나 빚이 없는 사람, 제것 아닌 것에는 곁눈 한번 주는 법이 없이, 제 말 아닌 남의 말은 모두 귀 모아 미소로 들어주고, 끝끝내 제 작은 영토 안에 비통하리만치 아름다운 침묵의 애기들을 노적봉의 불빛으로 화려히도 태우며 사는 사람이 우리의 시인 강인한이라"고 역시 이만재씨는 얹혀서 말하는 것을 잊지 않았다.

일찍이 신석정 선생도 전주고등학교의 제자이던 강인한의 첫 시집인 『이상기후』 서문에 붙이는 말 속에서 "인한군은 내가 사랑하는 제자요, 내가 아끼는 제자요, 또 내가 두려워하는 제자이다. 군은 고등학교 3학년 때던가 서울 어느 대학에서 주관하는 백일장에 나가 입상을 하고 돌아온 일이 있었는데도 아무 말이 없는 소년이었다. 그렇게 과묵한 소년을 나는 처음 보았다. (중략) 인한군은 안이한 서정의 무절제한 배설을 거부한지 오래요, 더구나 난해를 가장한 속운은 그의 몸에 맞지 않는 거추장스러운 예복일 것이다"라고, 강인한 시인의 시 출발을 격려한 바 있다.

역시 그의 친구인 이만재씨나 스승 신석정 선생이 이미 잘 밝혔듯이 강인한 선생은 확실히 말 없는, 과묵한, 몸과 마음이 흐트러지지 않는 일관된 자세를 유지하면서 한국시의 고달프지만 아름답고 힘 있는 모습을 치열하고 개성적인 시정신으로 보여주고 있는 시인이다.

60년대에 출발한 그의 초기 시들은 당연히 '4 · 19 세대'의 숨결로 무성하게 우거져 있으며, 그래서 그런지 당시 한국사회의 빅이슈인 자유와 민주주의에 대한 갈망이라든지 분단문제, 혹

은 5·16 군사정권에 의해 감행된 월남파병문제나 한일굴욕외
교 등에 초점이 모아져 있는 게 사실이다. 그의 데뷔작이요 출
세작인 「대운동회의 만세소리」랄지 「1965」 그리고 「불꽃」의 연
작들이 여실히 그것을 증거해준다.

　4·19 혁명을 통해 조국과 민족에 대하여 활화산 같은 불꽃
과 열망을 내뿜었던, 그러다가 그 미완의 혁명 앞에서 다시 얼
음과 같은 냉철함으로 돌아설 수밖에 없었던 1960년대와 1970
년대의 몸부림이 강인한 선생 시 초기와 중기의 처처에 출몰하
고 있는 것이다. 거대하게 꿈틀거리는 역사의 실루엣이, 그의
젊은날의 열정과 사랑 속에서 농밀하게 뒤섞이어 때로는 시의
골격을 이루어주고 있는 것이다.

　그리하여 강인한 선생의 시는 기왕지사 1백년 후의 그의 몸속
에서도 질펀하게 퍼져 있는 전라북도 평야의 역사어린 대지정신
을 육신인 양 받아들이게 되고, 그러니까 저 혼곤했던 시절 그
렇게도 무수히 나부끼던 동학혁명의 흰옷사람들 숨결과 죽창소
리를 아니 담을 수 없게 된다. 예컨대 「할멈의 눈」과 같은 작품
에서 드러나듯이 그의 몸과 시 속에 이미 들어와 뿌리를 내리고
있는 ‘역사의 염색체(染色體)’를 운명처럼 받아들이며, 그는 그
염색체들이 마치 ‘징게맹갱이 벌판(김제평야)’ 밭두렁에 흐드러
지게 자라서 짙은 냄새를 풍기는 그런 쑥잎이라도 된 듯이 비로
소 쓰다듬어내린다.

　비록 체구는 작고 몸무게는 얼마 나가지는 않지만, 강인한 선
생은 어느새 자신이 동학혁명의 본고장 사람인 것을 망각하지
않고 오히려 그것을 숙명처럼 흔쾌히 받아들이다가 예의 4·19
혁명을 만나고, 마침내는 ‘광주에서의 5월’을 목격하게 된다.
바로 이 과정에 씌어진 시편들은 그래서 가히 그에게 목소리와
스케줄이 큰, ‘작은 거인의 시인’이란 별명을 붙여도 좋을 만큼

116

그를 성장시켜나간다. 1980년 5월 이후에 펴낸 『우리나라 날씨』『전라도 시인』『칼레의 시민』 등의 시집들이 그것을 잘 예증하고 있다.

수풀처럼 무성한 雨季가
그의 우러른 눈망울에 어리우고
휴전 고지의 캐터필러 자욱마다 쑥꽃이 피었다 지고
엄청난 사연으로 병사는 울고 있었다.
        (중략)
겨냥해야 할 진정한 적이 없는 지도 위에 엎드려
병사는 悲運을 울고 있었다. 울고 있었다.
　　　　　　　　　　——「대운동회의 만세소리」 부분

할멈은 눈은
초례청의 은은한 촛불이 타고
새벽 우물에 뒤웅박을 띄우는 할멈은
봄에서 가을까지
호박씨의 깊이와 배추씨의 깊이를
쪼아 먹는 까마귀이거나
동학난리 때 칼 맞아 죽은 남편의
목구멍을 파먹은
백년 묵은 지네일 것이다.
　　　　　　　　　　——「할멈의 눈」 부분

불의와 '화해할 수 없는 반란의 불꽃'이 활활 타올랐던 젊은날의 열정과 사랑 속에서 바라다본 1960년대와 1970년대를 거쳐, 강인한 선생은 이윽고 1980년 5월의 광주와 한국사회를 목격하게 되는 것이다. 그런 체험으로 하여 강인한 선생의 시들은 불꽃의 이미지(사랑을 동반하는)와 동시에 얼음의 이미지(나쁜 힘들을 대적하기 위한 냉소주의 기법을 동원하는)를 모더니즘 수사법으로 재현해나간다. 그가 광주에서 경험한 '역사의 새로운 얼굴'과 민중에 대한 신뢰 혹은 아이러니의 체득은 그래서 눈물겨운데, 그의 다섯번째 시집인 『칼레의 시민들』에서 저자 서문과 시 한대목을 옮겨보면 이러하다.

불멸의 예술가 오귀스트 로댕의 조각 가운데 「칼레의 시민」이 있다. 칼레 시가 영국왕 에드워드 3세의 군대에 겹겹으로 포위되어 있을 때였다. 전시민의 영웅적인 저항에도 불구하고 칼레 시는 항복할 수밖에 없는 처지에 놓여 있었다. 몇날 며칠 동안의 굶주림과 공포에 빠진 시민들을 영국 왕은 용서하려 들지 않았다. 왕은 전체 시민들의 목숨을 구하려면 칼레에서 지체가 매우 높은 여섯 사람의 시민 대표가 시와 요새의 열쇠를 가지고 영지로 찾아와 사형을 받아야 한다고 요구했다. (중략) 결국 죽음의 운명을 자각한 여섯 명의 영웅들은 목에 밧줄을 감은 채 손에는 시와 요새의 열쇠를 들고 애끓는 슬픔 속에 무거운 발걸음을 천천히 내디디기 시작하였다. (중략) 1980년 5월의 광주. 그때를 광주에서 겪었던 사람들은 누구나 '칼레의 시민들'이 당한 비통한 심정을 충분히 이해할 것이다.

누가 우리들의 머릿속에서
광주를 빼내어 달아나고 있다
누가 우리들의 머릿속에서
광주의 5월을 빼내어 달아나고 있다

118

인간이기를 거부한 자들에게
죽음으로 항거한 피투성이 금남로를
달아나고 있다
배반의 세월 속에 십년이 지나고
　　　　　——「배반의 세월 속에」 부분

2

　강인한 선생의 여섯번째 시집이 되는 『황홀한 물살』의 작품들을 읽으면서, 새삼 '시는 그 시인의 몸이다'라는 생각을 해본다. 정신의 집인 몸속에서 살아온 시야말로 그 시인의 면모를 가장 정직하게, 그리고 어디 숨길 곳이 없게 드러내기 때문이다. 따라서 강인한 선생의 이번 시집에 실린 시편들은 당연히 그의 근황과 사유의 물굽이를 군데군데 잘 보여주고 있음은 물론이다.
　이제 그의 나이가 쉰여섯에 접어들었는지라, 어딘가 인생에 대한 감회랄까 회한 또는 사물에 대한 애착들이 그의 눈빛과 부딪쳐서 빛나고 있는 것이 그런 대목이 아닌가 한다. 역시 시는 인생을 속일 수는 있어도 시 자체는 시를 속일 수 없다는 게 바로 그런 뜻이 아니던가. 그의 이번 시집 속에서 나는 "아아, 이제 강인한 선생도 지혜의 발견에 이르렀고나. 그 누구도 범접할 수 없는 자신만의 적막한 힘을 갖추기 시작했고나!"라는 느낌을 받을 수 있었다.
　일찍이 미국의 시인인 로버트 프로스트는 '시는 지혜의 발견'이라고 했는데, 바로 그 말이 오늘의 강인한 선생한테도 어울리는 경구로 들린다. 세상에 대한 눈뜸, 혹은 그 깨달음의 고적함 같은 것이 곱게 곱게 꽃피어나기 시작하는 강인한 선생의 시편

119

들. 그의 몸과 마음속에서 눈이 열리기 시작하는 온갖 지혜에
대한 인식과 성찰은 그래서 아름답고 값진 그 무엇으로 다가선
다.
　이와 함께 쉰여섯의 그의 나이(혹은 시적 연치)가 보여주는
고요한 적막이 사실은 연약함의 그것이 아니라 '또다른 힘'의 발
산이라는 것을 느끼게 해준다. 아일랜드의 시인 예이츠가 말년
에 체현한 그런 힘이 바로 '진실함'의 덕목에서 우러나왔듯이,
강인한 선생의 시도 비록 말년은 아니지만 그 어떤 '사유의 원
숙함'에서 비롯되고 있는 듯하여 그의 시를 읽는 이들에게 '작은
떨림'을 안겨다주고 있는 것 같다.

　　선 채로 울음 우는
　　단풍나무 숲을 지나
　　발목까지 잠기는 총총한 별밭을 지나
　　세월이야 울음보다 낮게 흐르네

　　잎 지고 잎 피는
　　나뭇가지 사이로
　　반짝반짝 건너가는 햇살

——「적막」 부분

　　오랜 가뭄 끝에 내리는 비는
　　싱싱한 초록이다

　　보랏빛 남쪽
　　하늘을 끌어다 토란잎에 앉은
　　청개구리

한소쿠리 감자를 쪄 내온
아내 곁에
졸음이 나비처럼 곱다

——「보랏빛 남쪽」 전문

인제 나는
산새 한마리 불러들일 수 없는
無主空山

하늘 가득 적막을 풀어놓고
한 달 서른 날
캄캄한 선식으로 버티는 중인데
슬그머니 내 몸속에
절간 한채 들어서고 있었다.

——「禪食 이후」 부분

영수 특강을 받기 위해
죽자사자 몰려다니는
아이들에게 떠밀려 흔들리며
차창 밖을 내다보면
교통사고와 정형외과와 스탠드 바와
붕어즙과 사우나탕이 손에 손 잡고
강물로 흘러라.
　　<중략>
싸구려 고추를 집채만큼 쌓아두고
너 마지기 시름을 쌓아두고

햇콩이랑 녹두랑 팥이랑 보리쌀 몇 말을
무지개처럼 벌여놓은 할머니
한옴큼 겨울 햇살도 그 곁에
눈뜬 강아지로 쪼그려 앉아
아름다워라, 산다는 것이
정말 보기에 좋아라.

——「말바우시장을 지나며」 부분

강인한 선생의 욕심 없는 시들을 읽을 때, 그러나 사람들은 웬지 모르게 어디선가 불어오는 그 어떤 '서늘한 바람 혹은 그 푸른 정맥이 돋는 힘' 같은 것이랄지, 아니면 '소슬한 생명의 힘'을 느낄 수 있다는 생각이 든다. 위에 인용한 시편 「적막」과 「보랏빛 남쪽」이 우선 그런 느낌을 준다. '불꽃과 얼음의 이미지'로 가득 찼던 그의 젊은날의 시들과 비교해보면 확실히 고요한 세계에로의 진입이 엿보인다. 맥박이 고동치는 혈기왕성한 시는 아닐지라도 시에 대한 그의 진면목이 서서히 여실하게 드러나고 있는 것 같아, 오히려 믿음을 불러일으킨다. 북북 문지르는 유화와 같은 색감이 아니라 어느 먼 고적한 곳에서 나옴직한 한없는 평화로움을 데불어다주는 그런 수채화 같은 색감으로 문득 문득 시를 읽는 이의 눈시울을 적시어주는 것이 아닌가.
어느 초여름날 후두두 방울져 떨어지는 빗소리를 듣다가 접하게 되는 「보라빛 남쪽」에서는, "하늘을 끌어다 토란잎에 앉은／청개구리"가 눈망울을 굴리고 있고, 그때 마침 "한소쿠리 감자를 쪄 내온／아내"가 있고, 그리고 '장자(莊子)'처럼 곱게 졸음이 들기 시작하는 '시인 강인한'이 역시 고른 숨결을 몰아쉬고 있지를 않는가.
울긋불긋한 단풍나무 숲 혹은 그 열정으로 지나온 세월의 숲

122

을 지나, 눈뜬 지혜로 하여 "발목까지 잠기는 총총한 별밭"에 이르는 환희도 맛보는 쉰여섯의 나이쯤에서, 강인한 선생은 그러나 "잎 지고 잎 피는／나뭇가지 사이로／반짝반짝 건너가는 햇살"을 놓치지 않고 바라보고 있는 것이다.

이제 슬그머니 자신의 몸속에서도 "절간 한채 들어서고 있"다고 말하는 강인한 선생. "아아, 내가 이러다가는 증발하는 것은 또 아닌가"라고 말할 정도로 몸무게가 너무 가벼워짐에도 불구하고 고등학교 3학년 담당 일등 국어교사로, 전국 최장수의 동인지 『원탁시』를 직접 편집하면서 이끌어나가는 성실한 문학 일꾼으로 오늘을 살아가고 있다. 그리고 무엇보다도 시에 더러운 때를 입히지 않으려고 그의 스승 신석정 님처럼 정갈한 자세로 삶을 견지하는 그의 바른 덕목들 때문에 이번 시집 속의 시들은 더욱 소슬한 가운데서도 오롯하게 빛을 내뿜는다.

역시 위에 인용한 「말바우시장을 지나며」 같은 시에서 엿볼 수 있듯이, 애시당초 도시적 상상력에 의존하는 모더니즘도 거쳐온 그이지만, 결국은 그곳에 앉아 싸구려 붉은 고추를 팔고 있는 할머니한테도 한없이 소박한 애정을 보내며 동시에 "아름다워라, 산다는 것이／정말 보기에 좋아라"라는 경지에 이르렀으니 이 아니 기쁘지 않은가. 삶을 통해 순결한 지혜를 터득한 뒤 인생의 적막함 그것을 오히려 그 어떤 '맑은 힘'으로 받아들이는, 또는 재창조하려는 강인한 선생의 시편은 그래서 더없이 맑은 생명감으로 다가선다.

보랏빛으로 물들기 시작하는 남쪽 어느 꽃밭 가까이에서, 아직은 너무나 싱싱하고 푸르른 "토란잎에 앉은／청개구리"처럼 살면서, 아내와 아이들과 세상을 위해 자신의 두 눈동자를 껌벅껌벅거리는 강인한 선생의 앞으로의 인생에도, 참으로 선연하게 복(福)이 그득할지어다. 오, 적막함의 고요한 힘이여. 혹은 그 힘이 소슬하게 내뿜는 눈물겨운 아름다움이여 !

<h1 style="text-align:center">후　기</h1>

시단이라는 곳에 전을 벌인 지 삼십이년을 넘어섰다. 아득하다면 아득한 그 세월에 내가 쓴 시의 자취라는 게 바람결같이만 느껴진다. 강산이 세 번쯤 변했을까. 확실히 옛날의 산과 물은 아니다. 그리고 그것을 바라보는 내 마음도 예전같이 예민한 감성으로 설레지는 않는다.

남들은 앞서서 뛰어가기도 하고, 나보다 뒤늦게 나선 이들도 몇몇은 내 앞을 훌쩍 지나 저기 비탈길을 넘어가는 게 보이기도 한다. 그러나 나는 그저 느린 걸음을 탓하지도 않고 한껏 평상의 걸음을 옮겨놓을 뿐이다. 사실 이렇다 할 성취가 있으면 좋으련만 또 그것이 없다 한들 시를 쓸 뿐인 나로서는 남이나 스스로를 탓할 계제가 아니다. 큰 죄나 짓지 않으면서 살고, 미처서 돌아가는 세상 물결에 한무리로 휩쓸리지 않고자 하는 마음 하나를 의지삼아 시를 쓰며 살아왔고 또 그렇게 살아갈 것이다.

여섯번째 시집이다. 무슨 보물단지처럼 애지중지 챙겨놓은 창작노트를 보니 서로 다른 몸짓과 목소리들이 불협화음을 내는 것 같아서 사나운 눈총을 감내하기 어려울 듯하나 염치없이 묶어본다. 모두 다 나름대로의 필연을 가지고 있으며 딴엔 노심초사의 산물이기 때문이다.

시란 무엇이며, 시인은 누구인가. 시인이 쓴 작품이 다 시가 아닐 것이매 과연 나는 몇 편의 도저한 시를 썼다 할 것인지.

내 삶과 시의 스승들은 모두들 가시고 없다. "밟지도 말고 밟히지도 말자"라는 표어를 서가 한쪽에 붙여놓고서는 난초를 데불고 밤에 먹을 가시던 비사벌 초사 주인 석정 스승의 넉넉함이 그립고, "시는 나의 닻이다"고 외치며 형형한 눈빛으로 세상을 쓸어보시던 김수영 시인의 치열성이 오늘 새삼 그립다.

어떤 시인은 작품의 성패를 불구하고 훗날의 평가 내지는 사후의 영예를 은근히 탐하기도 하지만 도대체 생전이나 사후에 남의 입에 자자히 오르내리는 일이 무에 그리 대수로울 건가. 시인은 그저 곁의 눈치 살피지 않고 자기의 시를 쓰는 사람이면 족할 것이다.

생각하니 삼십여년 세월이 허망하고 부끄럽다. 시집의 해설을 자청하여 써준 '목요시' 친구 김준태 시인의 정을 잊을 수 없고 창작과비평사의 이시영, 고형렬 시인께도 감사의 말씀을 드린다.

1999년 정월

강　인　한

창비시선 183

황홀한 물살

1999년 3월 1일 초판 발행

지은이/강인한
펴낸이/김윤수
펴낸곳/㈜창작과비평사
등록/1986년 8월 5일 제10-145호
주소/서울 마포구 용강동 50-1 우편번호 121-070
전화/영업 718-0541, 0542
　　　편집 718-0543, 0544
　　　독자관리 716-7876, 7877
팩시밀리/영업 713-2403
　　　　편집 703-3843
하이텔·천리안·나우누리 ID/Changbi
인터넷/홈페이지 www.changbi.co.kr
　　　　　　　www.changbi.com
　　　전자우편 changbi@changbi.com
우편대체/010041-31-0518274
지로번호/3002568

ⓒ 강인한 1999

ISBN 89-364-2183-2 03810